VACILANDO
Mime.

小型胡乱现场

Scene of Maya

帕　克

著

上海社会科学院出版社

目录

Lūpiter Chic

Jupiter /

词源自印欧语系呼格 /

主格：*Dyēus-pətēr

ACTISSA

CHOC-NEVER-LATE

这样温柔的

早晨

服用一颗猫洛芬

Icatrofen[①]

大不列颠的冬天

已经

开始

① “猫洛芬 Icatrofen”，由“布洛芬 Ibuprofen”改编而来，意指猫也有“缓释胶囊，对抗疼痛”之用。

乌龙*·壹

清晨五分的

温存

全给你

* 黑猫名。

乌龙·贰

保卫我

是你

像秘密一样美

乌龙·叁

当只有你的猫
保护你

乌龙·肆

时间仿如远古的暮钟
夏夜最后的风吹来城市的密语
喧嚣即要轰然飘起
掀开
台北的裙角
而你在我的指尖摩挲
发出象征安宁的呼噜
这便是我
今天依然幸运的
证据

乌龙·伍

告诉我

我们是自由且

深情的

乌龙·陆

一只黑猫的
简约性
不亚于滑铁卢的
蜘蛛
而当它放弃超浓缩冰岛三文鱼油
PS 是 OMEGA–3 大于等于 360 mg
却选择聚乙烯塑料 1.5 mm
它的伴侣就只剩下笑意促狭的星期六
微观战役

乌龙 · 柒

一只黑猫的

近义词

是 9—13 摄氏度

布宜诺斯艾利斯转小雨

它孤独得连反义词

都没有

墨鱼展开触角便覆盖了城市

减去挠门的力气

它的前爪比云朵

还优雅

心灵哲学

如果世界讨厌你
还有你的猫在二楼
爱你
就像你不说话也不代表
你可以
变成
你的猫

不来自莫斯科的莫奈夫斯基

像保龄球一样冲出去撞翻所有
塑料瓶
像芭蕾舞者演一只倒栽葱的鸭子那样
我的猫
今天依旧是舍万夫沙[①]般可爱的
玛瑙妖怪
在三部曲
诙谐的下滑音里
舔舐那枚假装自己还没有成熟
包藏祸心的甜蜜
小爪子

---

① 舍夫沙万，Chefchaouen，摩洛哥北部小镇。作者特别改变拼法以形容东倒西歪的一切。

学寺山修司[1]用鹅毛笔写抒情诗

幸福这个

家伙

一定是长着尾巴

呀

又惯偷吃遗留在茶器里

晾干的“月光白”[2]

我看着我的你们

说

① 日本20世纪著名的剧作家、诗人、演出家、评论家、电影导演。

② 茶叶名。

自转周期：9小时50分30秒

意味着，如果搭乘AF116，
23点25分出发，
抵达巴黎后还有6小时9分30秒余剩，
换4号线去Cité买花。

换日

窥视时间
侵占未来
已经在你们的明天吃掉了
我的今天

落

念头生长
触角很柔软
像无限伸展
一小截时间的叶子
让雨水压扁
如果不能被承受
大方地坠落
负荷牢骚
与壳或刺不同
没有清洗
便没有轻盈
所以不会害怕行走
不曾做飞蛾
就没有资格
成为焰火

浮尸

森林的意义也许不是
藏匿也不是
行走

夜跑

捉一只野兔

等

日落深藏木头

湖底

幽灵

胆小的人住在玻璃

后面

食

比利时糖

英国

日落时野兔
成群结队
熙攘云团
隐没的湿漉漉
情绪温床
凉与深邃
没有回被窝裹着毛毯的人
目睹
整个零时区
入夜

赶集

混乱且美

白胡子的老头

叼烟斗

早起的害羞的人

没有

虫子吃

染草

丛林
健忘
与看不见的微辞
关在瓶里的雨

微观

雨水的森林多好闻

山神兽触角

爬满

呼吸里的

青苔

Abies fabri (Mast.) Craib*

被蝉声伏击的早晨

或下午

在裸蕨类罅隙的翻覆里凿取

一小层

潮湿的

证据

松鼠食用孢子

晚白垩世的冷杉独自前往

新生代

看日落

他不高兴

* 冷杉，学名 Abies fabri (Mast.) Craib，常绿乔木，树干端直，枝条轮生。

发光的麦考林先生

被盛大的满意
所推动
又闭锁在深刻的
沉默
浪潮堆叠
推翻
又覆盖
如此往来的虚荣不过是
生而为人
比不上任何一秒
触摸植物脉络的腥香
或读取
蜂鸟记忆

莎士比亚多样性

夏天不是一颗
波子汽水糖吗
PIZPAZ 或 ZIZZIFAZZI[①]
吞噬宇宙如
喝醉
整粒甜吻的闷渍感让你
怀疑森林在雨季是否
透气
我们脱离亚马孙的鹿群
回到
一小朵酝酿爆破的 C97 星球
皮拉摩斯
皮拉摩斯
Mr. Patrick Moss[②]

---

① 汽水泡拥挤炸裂的声音。
② 作者自创男主，日常形态为乌鸦，曾因爱人离去而荡失。

笑脸倒置

可是富士山真的

是私有啊

又怎算

公转周期：11.86年

然后就，会有人忘记皮拉摩斯与提斯柏的死亡，
另一些人开始为母狮子主持公道。
当宙斯不再是Δίας。
现代人类社会的忽略周期是一碗精心加蛋的泡面时间，
噢不要忘记葱花。

SOME DEE

有 营 养 时 差*

四分钟可以吃掉
蛋挞一只
穿好鞋与袜
接吻
红脸窒息
四分钟也可以初次见面
请多关照
预备在屏幕两边打下各自第一个
象声词
你看
余生的第一天已经
开始
而你就是我最伟大的
奇迹

---

* 标题空格，用以表达时间与空间的停顿与差异，请一字一字如同蹦豆子般地读出来吧：)。

数羊

橘子水跟橙汁是

不一样的家伙

后者蹲在几万公里的高空

融化

因为读到鹿变长颈鹿的故事而

软黏黏涩嗒嗒地哭

身边的男生要回曼城他一十二个小时

不睡觉

前者却是两枚明亮的橘子

在十五块一次的自动榨汁机里

欢乐滚跳

你蠢兮兮地抿了一口

脸就可爱地

皱起来

Minuet*

是啊七年以后
如果我们彼此
讨厌
你兢兢业业的打嗝我勤勤恳恳的唠叨
也都变得
不再可爱那么
一起出门去吃拉面
或者跳舞
不要忘记我弯弯的眼睛你嘴角
温柔的痣
所有雨夜里亮闪闪的马路上笑着奔跑的
我跟我们的狗还有
你浸湿了整个夏季
性感的汗渍

* 法文，译为“且慢，等等”。

一句告白

今天依旧是多风的晴日我看见墙壁像海浪一样波澜起伏

小面

途径馥郁跟缱绻

只被你喷嚏

惊醒

我爱花花朵朵

都不及

你的饱嗝

十七点市集

摇晃的摄氏度在
生长
隔一只环保袋的距离
水果们清凉地冒烟仿佛
两只害羞的手
要升温
大口咬下被瓢泼的雨喷香的花还有自在的风
所浸泡过的
云朵
或变成水母
任由阳光改变闲散的
我们的颜色

一个人旅行去了

熟悉的眼神

十一月雪人

把他们埋在富士山下了

在穿过刺眼的晴日之后

还有关于

地球上 7 000 个地方去哪里定居的小问题

它们蒸发在湖上

流进座禅草[①]的风里

游戏壮丽与悲伤

开始被关进漂亮的

黑色鲤鱼肚里

---

① 植物名。

FUJISAN VIEW EXPRESS*

流动的车

光芒像五月

诺丁汉

金色散开之后你的

笑脸

离开鲸

浮冰的速度

追不上海洋融化

我们在晃动的记忆里

挥手再

相见

---

*　小火车名，富士山景观线。

第三个愿望

让我以这样的姿态来到
你的面前
吞下坚韧草籽
之后会参天
潮湿是踏草原和花野一路而来
顺着你指尖的方向凝视
从不迷失
时而暴烈为守护
犄角上刻诗
沉默的路人偏执的友人还有常温的爱人
宁愿抛弃甜蜜毛皮也要
历练倔强的风骨
性刚

爱人准则

聪明

松懈

和光同尘

旁通曲鬯[①]

① páng tōng qǔ chàng，意为“普遍通达”。

重庆

标记阴天
吞罐头
乱打电话
在陌生的房间里
擦鞋
或搜寻一根不属于自己的
头发
夜游似的爱只剩
枕头间咆哮

离心率：0.048775

Patrick Moss，猜测他名字来自Saint Patrick。
女朋友称呼他，Patricius。
拉丁文，不允许舌头犯懒的华丽主义。
而Kate Moss被认为更具备高级冷，
所以取用[mɔs]，比较符合轨道倾角1.30530度。
是不是真的住在沼泽里呢，
那里有巨型岩石遍覆青苔。
反正也没有人见过，摩斯先生的女朋友。

Niania[*]

就像新年的花衣裳

还有腊月烫开梅酒

二月团圆饭的饺子里

那放了玫瑰馅的一枚

* “你啊你啊”，拼音，快读之后语感奇特。

亲爱的小姐 T

是所有烦冗世界中
最清新的惊蛰

21.05.2017

我们在夏天

守住一颗西瓜的阵地

无畏烈日炮火

冲向在彼此掌心融化的

冰块

给榴莲

如果有一天你离开

我会怀念我们让-皮埃尔·热内[1]式的快乐

嗨　这里是惭愧莲雾马来貘　请讲

我会永远这么说

① Jean-Pierre Jeunet，法国电影导演、编剧、制片人。

一个变节

天上那一小块
酡颜
就像你的
双颊
别让我失去
这样
粉嫩的心跳

前往 Bruges 的大巴

F：裂缝里有小偷

M：吃红豆的小偷 一抹嘴 吐出一朵心脏 我是一首小诗 你是谁

F：一只蛀牙

M：一颗虫 喜欢自言自语

F：你不管

被遗忘的女朋友

M：你作为一个香蕉 不会太做作了吗

F： 穿衣服的香蕉才做作

M：可是香蕉总是要挂起来的呀 不穿衣服太凶了

F： 大家一起游泳吧

M：这没道理啊

F： 那你去请整天脱皮的奇异果评理

M：草莓更靠谱因为密集恐惧症

F： 那明显是上火

NR47TJ[1]的告白

F：最最美好便是与你楼上楼下饭后漫步

M：来日方长有你有我食之不尽朝阳暮霭

① 一则邮政编码。

@ PON

我喜欢的人

腿很长 头很圆

扛摄像机很帅 虽然还没见过

脑袋里只有扁扁的你

举起相机冲我喊 呆子快笑

真美好

像在自行车上撒开腿一路冲下山坡

有没有樱花都变得不再重要

像大桥好规就是东京

像表白就是北京

像我一边刷牙 一边把整个早晨的夏天

抛向你 抛向你

关于每个三伏天

你说夏天
浸湿鬓角的滴水
倒映
彩虹
小学三年级的汽水玻璃瓶
冰镇
掌心
女生也是有
喉结的
你又笑着
哎我的一整颗囫囵潮热被咕咚咚喜爱熨烤着的少
女的心啊
全部献给了
你

雪花不是什么而我们
不能放弃画之

——之约定

但我想我们的毛蟹

就

在

这一个阴天之后和

下一个阴天之前

偏心率：0.048912

傍晚日落时，摩斯先生结束一根香烟，变回鸟类。
他总是不爱叙说，任凭远天被泼得猩红。
离开罗马尼亚的蜜月，女朋友就消失了。
他独自回到塞拉菲尼，床上还留着55天前的羽毛。
温存的证据。
摩斯先生于是用这个写信给庞娜德。
我们都知道，那里生产幻觉，那里甜如糖蜜，
那里是女朋友的故乡，逃逸速度60.2km/s，
那里没有收件人。

少女颂歌

致初恋

梦与争吵

随手打翻的开水一杯

被点燃

焦糖森林

干涸的鹿

以及那不断饥饿的

耳朵

所以

没有什么比离你远一点
更好的了她吸了吸鼻子
说
因为如果你不在我就会想着你
天空也是你
大地也是你
山坡间起伏的大巴广告是你
不远处踉跄于海面的水鸟也是你
瞌睡也是你
喷嚏也是你
打开一瓶灌装可乐的拉环也能
在飞溅而出的泡沫里看你
笑的脸

相关不止是毛衣

夜晚从不离开

粘在你

鞋底的雾

你是初夜是伦敦的烟

你是情人马丁靴某一株罂粟的暗示

你是无方向出发永不停歇的杀人计划用白色纱裙
裹着带回家的睫毛

你是哐啷瓦解的冬季无人街道上碎了一地

黑礼帽路过

Z

鲸

在走廊尽头

光将世界吞没

主角

等一口甜

食几日

像一个隔岸观火的人

只是觉得

荒凉

草籽

宁可选择竭力而高尚
悲怆
充盈却被浪掷
优雅却被荒废
抗拒却被崇拜
不要亲切的匍匐
通俗的归依
或者爱而
被轻视

一个没有鞋的下午

当说出
喜欢你
我的夏天
便过完了
你的剪影成为金龟子触角
最后的暖色
遗失正式上演

康德

拼命抓住的每一个现在
都只是画地为牢的圈套

维克多的理想

透明的少年

清澈的橄榄

匆忙的奶昔

苍白的彩虹

混沌的干果

嘎嘣脆的人行横道

这些别扭和美丽并排

站在一起

就是我们的关系

现实主义日落

是啊如果你也是
突然出现便消失了
蜻蜓点水般的
我们有一搭没一搭说话
一起看了我看过
而你没看过的那种夕阳
在光里好好拥抱了
你薄薄一片
剪纸一样的影子
不见又忽然见了
偷偷撕扯
温柔黏嗒嗒又轻飘飘
没有一起却一起
在软绵绵黄昏色的梦里
如果是那样
就好了

迷宫

失眠的人总看见
秘密
秘密是黑夜的谎
谎言被吃进白昼的胃
胃说
我可没见过

深海与鮟鱇

真的
喜欢用小调唱蓝精灵
斑马线走黑
小熊偷走洋娃娃的头
说谎的人总是
先讲话
一度被指责背信弃义的女主角
微笑着看对方
吞下一千根针

近日点：4.950429 AU (740,573,600 km)

他们也曾快乐过，仿佛第四宇宙速度不存在。
比假日还要优雅的公式，不需要罗马。
说起这些，Patrick Moss开始变得亲近。
因沉迷而荡失的表情，如同烂醉一般光彩熠熠。
城市在起飞，他们动动翅膀就穿越了纬线。
夜晚何其璨璨，星辰永不打烊，
Salzburg算个P。

不 是 栗 子*

我 们 是

刚 离 火 的

焦 糖 榛 子

我 们

好 吃

* 整首诗用空格断字来表示一粒又一粒，明亮滚烫、欢快而跳跃的炙烤焦糖榛子。

妄想国

煮面

滴答雨水的

夜晚

咕嘟

咕嘟

玻璃窗户与霓虹

彩色的吻

街角

72 小时便利店

甜又丧的巧克力堆

你在回家路上

红色光

亮晶晶滑落的

桥

小夏日和

这个世界上

讲真

再没有什么比

加了蛋和牛肉火腿和鸡肉香肠和车打芝士和番茄蛋黄酱的

早餐

更美好

阅后即焚

老板

一个牛油锅

只下贡菜

遗失一个字

波子汽水

真的是这个世界上最可爱

属于夏夜的小东西

之一呀

因为

噼里噗呲啪嗵叮叮当当咚咚

感叹号叁个

啊

炭扒果仁面包和两个水波蛋的午后

可美丽死了

桌面煎蛋

论记录一枚
意外的惊惶又假装镇静的
可爱流出

命运盲品师

如果
用一整片射手座 B2 酿酒
跟塞拉菲尼[①]
也没有关系
毕竟我们
吃云饮雾

① 宇宙奇书《塞拉菲尼抄本》，鹿易吉·塞拉菲尼著。此处指代其臆想世界。

莫蒂[1]是伍尔夫的书迷

在猫的面前吃

番茄

就好像 Unity[2]离开了

Rick[3]之后

Rick 却自杀

失败

世界又坏

又好

① 莫蒂·史密斯，男主角，出自美国动画科幻情景喜剧《瑞克与莫蒂》(*Rick and Morty*)。

② 意为“联合体”，剧中瑞克前女友，因深爱瑞克，害怕失去自我而离开了他。

③ 瑞克·桑切斯，男主角，出自美国动画科幻情景喜剧 *Rick and Morty*。

奥菲利亚[1]点单

来一份太阳系

不要火星

噢

多加点冥王星

---

① 莎翁《哈姆雷特》女主，溺于铺满鲜花的河流中。

远日点：5.458104 AU (816,520,800 km)

我劝摩斯先生去苏鲁特散心，
雾霭貌似有助于隐藏，但或许加重抑郁。
服用皮尔皮修斯近亲来止渴，
明天醒来就要去上班，
酒精将一切不可调和变成道理。
他却偏偏选择留下："伽利略也不是只有我一个。
日心说与神学的共通性其实是
Why is a raven like a writing desk，才对。"

即使

原来面对任何
感情
动心与私心从来
勾结

奥布朗*

我的仙王甜蜜的

花环

呈现未来之梦的

幻境

因你知道那里只有

我们

还有九月单纯的

蜂蜜

---

* 仙王奥布朗，出自莎士比亚《仲夏夜之梦》。

ANISE*

如果

礼拜二

是你的话

在温哥华森林口味的风里

大声歌颂

道格拉斯冷杉

因为那柔和却假装正经的

嘴角

被七月洋流打湿

而 Pinus contorta

即便否认她的糖

也丝毫不妨碍

你囫囵吞下了甜蜜

---

* 作品名，收录于艺术家 mama!milk 的第三张专辑 *Fragrance of Notes*。

暴雨

乌云里的城市
有柴可夫斯基
长长影子
跟大胡子
我们睁开眼睛
走进地下铁
没有六点零五分
也没有猫
抓破宇宙
梦游的手
暂且称之为
闪电
轰隆吓跑
极光里的人

眼神

好喜欢
闪光
像拉斯维加斯的纯真
大提琴独奏与
小提琴 -e 的轻音

慌忙情书

我在匹诺曹十一月的风景里
吞下了十斤成熟的光
里面是垂头丧气
重重的忧郁
它就要跟着云
掉下去
摔进狮子香喷喷的
大嘴
而你在一旁
笑眯眯地和它们说
拜拜
而你在一旁
骑士般威风凛凛的
英雄主义
赞歌里

桃心封笺

如果一个清晨
拥有乘电梯而非
跑楼梯的权利
那么就等同
走进孟菲斯[1]的
咖啡馆们
纽约也能变得迷人起来
我喜欢混乱中夹杂着自由的香甜
有人如是说

① “孟菲斯派”，设计表现各种富于个性化的文化内涵、从天真滑稽到怪诞离奇等不同情趣。

苔藓玫瑰的 2 月 29 日

为什么你会
比我的自由重要
因为你居然比我的自由还要
有趣

在午后很好的太阳里
看不见睫毛而主体我消融

昏昏欲睡的

尘埃里

呼吸以一种弧形的收敛的

姿势下坠

滑行手掌走成了

3/4 圈 Tchaikovsky Op.37b–IV[1]

你说象征

意义是没有的

我们不讨论今天

别林斯基关于诗人无目的创作与情致在主观主义方面的仿黑格尔式逃逸

卡拉姆静已经复活

在 25%～30%abv[2]的光里

---

① 收录于俄罗斯作曲家彼得·伊里奇·柴可夫斯基的作品集 *The Seasons, Op. 37b*。

② 酒精饮料的强度指标。例如，威士忌的 abv 一般为 40%。

亏凸月*

住在同一个叙述性语言元素的云团
使用同一种独特的语用学化合价
我们构成稳定的语言组织
且具有可交流的性质
但
我们依然尊重
生长在这其中的元素异质性
以片段建立体制
这便是所谓爱里
最负神秘感的仪式化语用学

* waning gibbous，月相的一种。

致 C

而这个夏天真正
重要的是
在如同落日般歪斜的阳台上大声朗读
米兰·昆德拉
我的猫
和我都不曾遗忘冲撞
这些都
只因为企鹅公路尽头那颗
闪闪发光的虫洞
原来是家

平均轨道速度：13.07 千米/秒

发现时间：1610年

质量：1.90×10^{27}千克，317.89地球质量

表面温度：−168℃

Patrick Moss关上他那块掉漆的怀表——

是克拉克利拉草曾经赠予他们，

作为人类情人节礼物的。

但我怀疑摩斯忘记了芳潘科属爱说谎。

我们喝了些Slivovitz，

而这是今天能陪他看的最后一部电影了：

屏幕里Mad Hatter对Alice说，

你会忘记我的。

We

晚安

予蒸蒸日上的伤口

CHEER

总是远远近近

看她

有时在失望里疲倦

被熟悉的符号

排斥

蹒跚质疑

信仰

轻易被解剖

无法抛弃也

不能厌恨

在偏执与强迫里

陷入泥泞

吸收我佝偻的身体

灵魂在发光

我在她声音里发光

人性将记忆高高托举

我对着她哭

匍匐浑浊的手

只有她让我自由让我确凿地

生

阿川

失眠就像心里的鬼
站成一排
用一根长长的
尼龙绳拴住它们的脖子
开始牵着
走
沿途它们
陆续被花火跟金鱼所收买
只有终于到达
才是你的
魔障

谓之爱

汴梁消失
庞贝融化
奇华的红色植物
鸟兽翅膀遮盖
天宇
市井与人声
巨大
潮湿森林瞬间全盘崩破于荒芜
虚空残食
蜃楼
及每一处暂时路过的
怪力乱神
自以为
土壤之上在生长却其实
都是海水
一边扎根一边消失
现实无法豢养声嘶力竭
如此昌盛
而繁荣的幻觉

苏黎世

日子被揉碎了
沸水冲泡
可总得等茶凉才回想
何故
喝得那么
不仔细

?

又是和每一个昨天一样

和每一个明天不一样的今天

开始了

大概这就是

所有问题的答案

小雾

要很狡猾啊
像被窝那样怠惰松懈却又孜孜不倦地
温吞又心怀不轨地
与这个世界拉锯

她们

以甘甜蜜汁作茧
在爱人身边自缚
成为奇怪的动物
目力以外皆是黑白
不用离开
住在自己星球的蛹
不必打开
幻觉已让世界长满蝴蝶

伪科学美学

于是有人说
复仇是甜蜜的
并且不会发胖

后遗症来自一个为期十年的梦

它何曾带来

光

当你执意站在

雾中

康德[①]的物化

个人意志觉醒

依赖势必的痛苦

穿插在茶歇间催眠

之外是无法抗拒的真实

还以绝望

还以梦境

还以数年之后的成立

① 伊曼努尔·康德，德国作家和古典哲学创始人。

Patrick Moss

今日男主，台风眼入口打开后可进入人类世界。
因圆形眼区结构存续时间多大于12小时，
于是我见证了：
《发条橙》看3遍也无法拯救的，
他的Hypoactivity。

打烊

稀薄如夜幕的梦想却也
因存在过而似乎
长寿

万事万物可以稍等 74 分钟

后现代状态

多一种叛逃的可能也许
多一条抵达所谓终极意义的
出路

Chez Moi[*]

布洛芬卧室

查理斯邦的胡子

谁是伍德华兹镇

偷眼泪的贼

---

* 法文，意为“在我家”。

EMOJI

黄瓜罐头会过期
埋怨保鲜膜也没用
毕竟太多东西名不符实
比如酒保的第三颗冰
弗里达爱人
夏日泳池
吃茶的莫奈夫斯基假装是猫
深咖色羊驼毛垫
九十九次卷腹与倒挂干花
Ce Rêve et Toi[①]

① 法文，意为“这个梦，与你”。

仿生猫

将不再喜欢的水果掩埋

它拒绝与它共同用餐

而它们只是皮毛动物

在漆黑的夜里有

明亮的眼睛与

沉默的留言

The Libertines*

森林蝉鸣
当自由像海啸吞没了
1942 年的可乐拉环
气泡与西红柿的星期夏默剧
只有爆炸彩虹在飞花
仙人掌在雷克雅未克

* 浪子乐队，英式摇滚乐团，公元 2000 年时后朋克复兴潮流的先锋。

Monkey needs a hug*

盯着两颗破碎的
班尼迪克蛋
他意识到任何
Je ne crois pas①
都也可能是
我不相信
Malheureusement②
一个方式副词的长度在宇宙中如何
优雅地被表达
取决于
一个应该要完整吞咽的过程是否
被即使小心却打破

* “猴子想要抱抱”，台词取自英剧《黑镜》第四季第六集，是灵魂被植入布偶体内的妈妈在表达悲伤时所发出的声音。

① 法文，意为“我不知道”。

② 法文，意为“不幸的”。

木星食用守则 ※

夜梦像坟墓一样
葬着不能醒来的快乐
不能：不被允许
是关于意识形态的呵护养成法

PUCK*

拥有古怪尾巴的人

在天亮前离开海深

雾霭踩碎

飞溅的琉璃是日光的种子

欢唱

森林深处与女巫共舞的指尖

---

* 精灵的名字“帕克”，来自莎士比亚的《仲夏夜之梦》。

数字化爱人 *

```
class Lovers:
    heartbreaker = True
    def repeat(self):
        print('EVERY NEW TIME FORGET
        THE BAD LUCK PAST')

uself = Lovers()
print(uself.heartbreaker)
uself.repeat()
```

* 此为一段代码，含义可简单解释为：爱人日常心碎，但爱人锲而不舍。

日常惭愧 偶然昂扬

帕克

后记

日常惭愧 偶然昂扬

帕 克

遗失了我的第一只猫，这似乎变为某种缺陷。

经常梦见他，穿戴着各种别人的身体，却发出他的声音。

我想，他依然没能够原谅我的放弃。

一起见过日落，漫天猩红，触感里野兽的鼻息，缓慢演化为潮热而浮躁的蹲守。那是一场彻头彻尾的归属，那一刻我坚信自己完全属于一只黑猫：得以抛弃了寻常又普世的所谓温柔，坦荡荡去环抱疏离而确凿的深情。

但宇宙真相只是眨了个眼。

那之后我没再见过极光，世界是敷衍的虫。他们或者优雅，或者侠义，或者觊觎暧昧的虚情，或者贪得一只掌心的和暖。却没有任何，像我的黑猫那样，孤独地爱着年轻的柏拉图，来回行走，迷人如夜里的雾。

这样的荡失有点像洞口了，风与土地的细胞往里倒灌，我因此得以设身处地得被外界吞吃。如果用他的眼睛去看，花朵，甜味剂，在一个降落过程里兜转的叹息。如果是他，爪与粗糙相碰，雨被拍打过来压住了睫毛，空气里没有什么是好吃的。如果和他一样，习惯了失去与犯错，弱小的脚步轻盈起来，羞愧与奔放，探索的触角才可以伸向黑暗与细微。

然而如果他忘记我，我该多么高兴。

因为生命的松懈尤为重要，无论对象是否，是一只猫。

叶子在秋天的时候终于可以碎了，朝暮间必有沉迷舞蹈而后消失的鹿，一小截冰雪在流逝前自我表达，原来是这些往复无常的选择才使人自由。每每适时离散后，有了一些小小的能量，便妄图用怯怯的心去激荡天地，证明自己也是寰宇之下一枚可爱的蜉蝣。住在光里，抑或沉默的背面，依然深爱着自然的温度。给予，剥夺，在微漠的神坛前祝祷。

长久以来，他，或者说我们，自说自话地背着莲雾味道的想象前进，试着不诘问抵达。捡拾到意外跌进来的种子，追逐河流，为了种植森林错过花园。假装不为遗憾而自责。

但这便是每一个今天了啊。幸好我拥有记录的能力。

在原子世界的每一个缝隙里穿梭，失眠，跳跃，捕捉日冕的蒸汽，临时存在于每一个瞬息的乍现里，而后快乐地失踪。

保持存疑，也时常探问生命状态的真谛。但他又如是笑靥道：“丘也与女，皆梦也；予谓女梦，亦梦也。是其言也，其名为吊诡。万世之后而一遇大圣，知其解者，是旦暮遇之也。”

最后，关于奇怪断句的解释：

雷光夏说：

“至于我，

只想要找到那个巧合，

那神秘的一瞬间。”

如果你也可以对内容不设限地随意读取，从而截获了让你电光火石的那一刹。逻辑在这一刻失去意义，文法与修辞也全部黯然失色。那么我们同时都是幸运的。

因为是你在我设密的圈套里游刃有余。

那闪闪发光的纵身一跃让我也不禁鼓起掌来了。

2020 年　立夏

主格缺席 生活在场

何 索

跋

主格缺席 生活在场

何 索

延宕了足够久才有勇气写下以下。

其中令我为难的除了班门弄斧的怯怯，更多的是一分敬畏：我是否能将文本给我的能量还原出些许？

恐怕不能。

即使我跟作者相熟已超过十年，也只能尽力将她的一些事讲给你们听。在我看来，她的生活和诗歌是同一件事，再没有人像她一样在意“当下”。

我也无法转译她的诗歌。

人们似乎习惯了解码式的文本分析——把现代生活的编码/解码、二进制、十二进制引入文本，将语词和含义一一对应，仿佛世间万物只有简单的输入和输出。我想这是她反对的事。她不会对一切“习以为常”，她珍视每一样微小的事物，重构“存在”与美的链接。

在《2-PARHELIA.》里几乎全是生活里司空见惯的事物，它们被煞有介事地记录了下来。像是“丛林 / 健忘 / 与看不见的微辞 / 关在瓶里的雨”（《染草》），将庞大变成微缩的世界，而叙事主体跟微缩的观察对象一样小，于是一切都变得不同了。紧接着一首《微观》，“仪式”感又更强了。似乎这一章的修辞和叙事对象都太过平凡了，但却是我们最容易忽略掉的，原本可以充满诗意的生活。

她回归东方美学的奥义，摒弃简化，消解一部分对“我”的强调，而关注“自我”与世界的关系。在她的九章里，几乎看不到主格存在。诗歌里的主观感受，有时是一只触角，感知宇宙，有时又是一粒尘埃，感知光线。世界仿佛变成了无数瞬间，而瞬间又被无限细分，自在散落在这些缝隙里。

我喜欢这种敬畏世界的谦卑。

在现实里，我见过太多人的生活最终被压缩成社交网络里的碎片。一个跟猫咪相处的早晨，光线、温度、绒毛的柔软，这些丰富的感知变成一张固定的照片，流动的美从此不复存在了。剩下的只有虚拟世界里的图片，它们渴望被关注的愿望直白，含蓄的美变得不合时宜了。而你和我都明白这些照片的主人是世界的大多数：日复一日地路过人生。如果抽象成一个符号，恐怕只是省略号里的一个点。

我们也许渴望不同，却不曾为此真的努力。这大概是我们一旦认识作者，便不能不羡慕她的原因——她和她的生活美得纯粹。

还记得十五六岁时，我们一同经历九月早雪，雪把树枝压弯了，覆满了绿色的树叶，要不了两小时这些雪将全部死在阳光里。而她提前交了考卷，要“把这一刻看清楚，记在脑子里”。她也是唯一关心我家的盆景有没有长出春日第一片叶子的人。过于重视形式与修辞，让我这个忽略生活者自惭形秽。她的能量总让人觉得，就算是世界末日了，也应该能慢悠悠地收起小林一茶的册子，为花瓶里的花起一个充满希望的名字。

很多年后，我第一次读到扎加耶夫斯基写“你在秋天的公园里拾橡果 / 树叶在大地的伤口上旋转”，还以为是在写你。

图书在版编目(CIP)数据

小型胡乱现场 / 帕克著 .— 上海 ：上海社会科学院出版社，2020
ISBN 978-7-5520-3201-7

Ⅰ. ①小… Ⅱ. ①帕… Ⅲ. ①诗集—中国—当代
Ⅳ. ①I227

中国版本图书馆CIP数据核字(2020)第101608号

小型胡乱现场

著　　者：帕　克
责任编辑：邱爱园　陈如江
封面设计：周清华
出版发行：上海社会科学院出版社
上海顺昌路622号　邮编200025
电话总机021-63315947　销售热线021-53063735
http: //www. sassp. cn　E-mail: sassp@sassp. cn
排　　版：南京展望文化发展有限公司
印　　刷：上海新文印刷厂
开　　本：787毫米×1092毫米　1/32
印　　张：4.5
插　　页：1
字　　数：62千字
版　　次：2020年11月第1版　2020年11月第1次印刷

ISBN 978-7-5520-3201-7/I·409　定价：37.00元